EL OSO MELOSO Y SU PANDILLA

Diego A. Cisneros

Ilustración y diseño Laura Liberatore

"Había una vez, en el Zoológico de Madrid, un oso encerrado en una jaula junto a un pequeño estanque, que le encantaba que los niños le tiraran caramelos y él se los comía así con envoltura y todo; por eso todos los que trabajaban en el zoológico lo llamaban el Oso Meloso."

"El oso estaba muy triste encerrado allí; pero un día una pequeña araña que se posaba de vez en cuando detrás de su cabeza, le susurró al oído:

—"Oye Meloso, ya vas a ver, algún día mis amigos te sacarán de aquí."
Qué amigos, ni qué amigos; además, estoy enjaulado. ¿Cómo me van a sacar?

—"Pues ya verás, ya verás."
En ese momento pasaron por encima, como todos los años por esos días, unos patos volando en perfecta V, de repente uno de ellos se desvió y cayó derecho al estanque del Oso Meloso.

—"Hola, soy el Pato Loco. ¿No me recuerdas?"

—"No te reconozco pero si te pillan, te van a hacer guisado.""

"De repente y mientras oscurecía la Araña Maraña le dijo al oso:
    —"¿No ves?; aquí vienen mis amigos la Culebra Feliz, el Sapo
    Morado y el Perro Azul."
    —"Ya verás cómo todos nos vamos de aquí."

La Culebra Feliz se deslizó por la reja y con unos toques especiales de su larga cola abrió el candado.

—"Ya ves, ahora sí estas libre. Vámonos."

Y todos se fueron a la estación de tren donde lograron montarse en un vagón vacío.

— "Por favor, por favor, no me dejen, gritó el Pato Loco mientras volaba para colocarse en el vagón donde ya estaba toda la pandilla."

— "¿Y hacia dónde va este tren?"

— "Pues va hacia Barcelona, pues todos los trenes vacíos van a Barcelona, dijo el Sapo Morado."

— "Cállate sapo, tú eres el sabelotodo, le dijo el Perro Azul."

De todos modos prosiguieron el viaje hambrientos y sedientos, cuando de repente:

— "Parece que llegamos a un puerto."

— "Creo que es Barcelona."

— "¿Ahora qué hacemos?"

— "Pues tratar de comer y beber."

Encontraron cajas de comida que seguramente estaban destinadas a un barco de pasajeros, comieron hasta que no pudieron más. Cuando el tren se detuvo se bajaron y se montaron de polizones en un barco que se llamaba *New Amsterdam*.

—*"That means New York – dijo el Pato Loco."*

—*"Tú sabes demasiado, Pato Loco, hasta hablas otro idioma."*

—*"Probablemente vayamos a Andalucía."*

—*"Ya veremos.""*

Después de una larga travesía, llegaron a New York. Mientras el barco pasaba por la Estatua de la Libertad el Pato Loco dijo:
—"Ya te lo dije, New York here we come."

Toda la pandilla desembarcó y se montaron en un taxi.
—"Where to, please? – Dijo el taxista."
—"To the best hotel in town. – contestó el Pato Loco." "

Llegaron a un hotel llamado Waldorf Astoria. Se inscribieron y se colocaron todos en una habitación de dos camas. La Araña Maraña y la Culebra Feliz se metieron escondidas entre la pelambre del oso, así que solamente fueron acomodados el Oso Meloso y el Perro Azul. El Pato Loco, habiendo averiguado dónde quedaba el cuarto, entró volando por la ventana.

En eso una camarera salió corriendo por el pasillo del hotel gritando:
—*"¡He visto un oso y una culebra, llamen a la policía!"*

Pero el Oso Meloso y su pandilla lograron escapar por la escalera de incendios. Sin saber a donde ir, fueron caminando hacia el río, que resultó ser el Río del Este.

De pronto vieron un edificio muy alto, el de las Naciones Unidas, y notaron que había gente protestando desde la calle: Animal Rights, Derecho de los Animales. Entonces la Araña Maraña le dijo al Oso Meloso:

    —*"Debemos entrar, pues están hablando de los animals."*
    —*"Nosotros somos animals y debemos entrar."*
    —*"¡Si!""*

DERECHO
DE LOS
Derecho
de los animales
Por el
derecho
Yo a
los animales

Entraron y el Oso Meloso, ayudado por su eterna Araña Maraña metida en su grandísima oreja, pronunció un discurso maravilloso, contó su historia de años de encierro, de como sus amigos le ayudaron y así convenció a todos los presentes de las Naciones Unidas, a proclamar el Derecho de los Animales a vivir en libertad.

Puede hacer pedidos de libros de Archway Publishing en librerías o poniéndose en contacto con:

Archway Publishing
1663 Liberty Drive
Bloomington, IN 47403
www.archwaypublishing.com
1 (888) 242-5904

ISBN: 978-1-4808-5751-3 (tapa blanda)
ISBN: 978-1-4808-5750-6 (tapa dura)
ISBN: 978-1-4808-5752-0 (libro electrónico)

Información sobre impresión disponible en la última página.

Fecha de revisión de Archway Publishing: 3/29/2018

CPSIA information can be obtained
at www.ICGtesting.com
Printed in the USA
BVHW02*1051030518
515173BV00012B/104/P